Reines de la France

Jean Cocteau

Reines de la France

Bernard Grasset

Paris

ISBN 978-2-246-11303-4
ISSN 0756-7170

Jean Cocteau / *Reines de la France*

Jean Cocteau est né le 5 juillet 1899 à Maisons-Laffitte. Dès son enfance, il eut le privilège de fréquenter les meilleurs esprits de son temps chez son grand-père, à Paris, chez lequel il s'était installé après la mort de son père. A dix-huit ans, une audition de ses poèmes est organisée au théâtre Fémina. Le succès est immédiat, ce qui lui vaudra d'être reçu dans les salons où il rencontre Catulle Mendès, Anna de Noailles, les Daudet, Proust. etc.

Des contacts avec Diaghilev l'amènent à composer un argument de ballet, le Dieu bleu (1912). La guerre arrive. Bien que réformé dès 1914, il s'engage comme ambulancier civil. Cette expérience lui inspirera Thomas l'imposteur (1923). En 1916, il rencontre Picasso et l'avant-garde : Apollinaire, Max Jacob, Reverdy, Cendrars, etc. En 1917, on donne la première représentation de Parade : Cocteau a réalisé le ballet, Satie la musique et Picasso les décors : ce sera un scandale. L'année suivante, Cocteau crée les légendaires Editions de la Sirène avec Blaise Cendrars.

La découverte de Raymond Radiguet, en 1918, est un grand moment de son existence. Cocteau aide le jeune homme à mettre au point ses manuscrits, puis devient son intime. Leur amitié durera peu de temps : l'auteur du Diable au corps *disparaît en 1923. La mort de son ami plongera Cocteau dans une profonde dépression, il s'adonnera à l'opium et, sous l'influence de Jacques Maritain, se rapprochera du catholicisme. En 1926, il compose* Œdipus Rex *pour Stravinski. En 1929, il écrit* les Enfants terribles *en pleine cure de désintoxication. L'année suivante, il tourne son premier film,* le Sang d'un poète. *Le théâtre lui prend pratiquement tout son temps jusqu'en 1946* : la Machine infernale *(1934),* les Parents terribles *(1938),* Renaud et Armide *(1943),* l'Aigle à deux têtes *(1946), etc. En 1937, il noue une amitié avec Jean Marais, qui devient son acteur fétiche et son être de prédilection. A partir de 1943, Cocteau réalise de nombreux films* : l'Eternel retour *(1943),* la Belle et la Bête *(1945),* Ruy Blas *(1948),* Orphée *(1950)... sans abandonner la poésie* (Crucifixion, Appogiatures, Clair-Obscur). *Ses multiples occupations (expositions de peintures, de céramiques, décoration de chapelles...) ne l'empêchent pas de produire deux petits chefs-d'œuvre en prose* : la Difficulté d'être *(1947) et* Journal d'un inconnu *(1952). En 1955, il est élu à l'Académie française. Un an avant sa mort, ce virtuose écrit l'un de ses plus beaux poèmes* : Requiem. *Il s'éteint le même jour qu'Edith Piaf, son amie, le 11 octobre 1963. Cocteau est un cas unique au XXe siècle, personne n'a autant marqué que lui à la fois le théâtre, la littérature et le cinéma.*

Ces Reines de la France, *elles sont une vingtaine, ne furent pas toutes couronnées; elles l'auraient mérité. Aucune ne manquait de noblesse, et leurs pouvoirs s'étendaient aux confins du cœur et de l'esprit. Elles firent l'histoire, la littérature, le théâtre, la mode, l'amour. Elles se nommaient sainte Geneviève, Jeanne d'Arc, Gabrielle d'Estrées, Marie de Médicis. Louise de la Vallière, Marie-Antoinette, Juliette Récamier, la duchesse de Berry, Sarah Bernhardt ou Liane de Pougy.*

Fières et poignantes, elles coupaient leur parfum d'une dose de tragique, de catastrophe, de solitude.

Elles reviennent hanter le monde où elles triomphèrent un jour, dans ces portraits incisifs et scintillants esquissés par Cocteau dont on connaît le pouvoir d'évocation des spectres et le goût du diaporama. Que reste-t-il des nombreuses lectures engagées par l'auteur pour composer cette galerie du cœur? Des moments, des costumes, des tempéraments, saisis par un style à l'emporte-pièce qui rappelle Retz ou Saint-Simon. Les dévergondages d'Isabeau de Bavière, l'« air de souris » de la duchesse d'Etampes, la « robe fièrement retroussée à la hanche » de la Grande Mademoiselle, Juliette Récamier « couchée, une fois pour toutes et mollement, dans la légende », l'« extraordinaire pouvoir d'évanouissement » de Sarah Bernhardt, etc. Ces reines nous touchent, vraiment.

Si Cocteau a suivi, comme toujours, sa pente virtuose, il n'a point négligé la vérité historique : il a habillé les dates et les faits. Ce n'est pas le moindre charme de ce petit écrin offert à l'éternel féminin paru en 1952, où celles qui vous séduisent sont celles qui vous enseignent, quand on peut lire au grain de leur peau une certaine histoire de France et de l'esprit.

Ces rapides esquisses de quelques reines de la France, de son théâtre, de ses modes, accompagnaient les gravures de Christian Bérard dans un livre de luxe. Il est à craindre qu'elles ne souffrent de paraître sans leur costume. Mais j'ai consulté tant de volumes pour écrire ces courtes études qu'il en reste peut-être quelque chose de vif. Car je n'ai gardé que les pointes, alors que j'eusse aimé approfondir la perspective, le relief, la forme et la couleur.

Mais, je le répète, il ne s'agissait que d'illustrer des images, plus parlantes que les paroles.

J. C.

Sainte Geneviève

Voici, avant Jeanne d'Arc, une autre jeune fille qui sauve la France, ou, du moins, qui lui donne un prestige éternel.

Le premier miracle de sainte Geneviève n'est pas de son chef. Sa mère la gifle et devient aveugle. Ainsi s'exprime le ciel. Ta fille voit, dit-il, et tu n'y vois rien.

Sainte Geneviève, c'est plus que la vierge qui repousse Attila, car elle le repoussera toujours. Sainte Geneviève, c'est le miracle sur lequel la France compte sans cesse, qu'elle ne cherche même plus à mériter, tellement elle en est sûre. Sainte Geneviève, c'est la chose imprévisible qui nous arrête au bord du précipice. Sainte Geneviève, c'est la forme inattendue que prend le destin pour surgir sur un point, à la minute décisive, alors que nous l'attendions sur un autre. Sainte Geneviève, ce sont les bouteilles de champagne vides qui jonchaient les champs de bataille de la Marne et dont le vin, né de notre sol, désorganisa le style des vainqueurs. Sainte Geneviève, c'est le général allemand qui n'ose faire sauter Paris et, à la gare Montparnasse, livre le plan des mines à nos chefs. Sainte Geneviève, c'est ce qui échappe à ceux qui s'imaginent que l'ordre s'organise et ne se forme pas aux profondeurs. Fille de Sévère et de Géroncie, bergère, née à Nemetodurum, sous le quinzième consulat de Théodore, sainte Geneviève mourut vers l'an de grâce 512 « après qu'elle eut fait rendre un compte exact à sa conscience ».

Son voyage de quatre-vingt-quatorze années ne lui laisse pas une tache de boue.

Chaque fois qu'il le faut, elle se déguise en une circonstance qui déroute le monde et nous permet à quelques-uns de la reconnaître.

Blanche de Castille

Lorsqu'on a lu beaucoup de mémoires et je viens justement de relire ceux du cardinal de Retz, on ne se permet plus d'entreprendre le moindre travail historique. Seules les grandes lignes demeurent visibles et là encore je les crois fausses. Tant d'intrigues de cour, tant de démarches, tout ce monde de l'actualité où il semble que pas un seul personnage ne dorme, n'offre aucun rapport avec ce qui s'en détache à la longue.

Le drame de l'Histoire, et nous en avons la preuve en 1949, c'est qu'il la faut vivre minute par minute, que le plus petit détail joue son rôle au même titre que le plus décisif, et que ce galimatias, pour employer un terme cher au cardinal de Retz, nous cache l'ensemble.

Blanche de Castille est si loin de nous, si haute dans la perspective et si blanche, qu'elle nous apparaît presque sous une lumière de fable.

Sa beauté profonde éclate dans l'admirable parole de son fils à son lit de mort : « Merci, mon Dieu, de m'avoir prêté jusqu'à présent la Reine, Madame ma Mère. »

Cette haute figure, regardée à la loupe et sous l'angle des MÉMOIRES, nous apparaît aux prises, comme toute autre, avec les malices, l'insulte et les calomnies. Thibaut, le cardinal de Saint-Ange, l'humble dépendance de saint Louis, une prédilection pour les mendiants tordus et autres détails qui nous échappent, furent le thème d'attaques innombrables.

Le recul nous autorise à croire que la Reine était une grande politique. Elle s'aida du comte de Champagne et de son amour. Elle débrouilla, de ses mains très longues, le fil d'une interminable conspiration.

Pour nous, Blanche de Castille est un mythe, un symbole de force et de grâce, une statue mouvante avec une couronne de fer. Blanche de la tête aux pieds. Avec des voiles de marbre et faite d'un marbre léger comme un voile. Un gisant debout. Un bloc de transparence. Une eau dure. Un cristal qui coule, escorté d'écume blanche. Blanche est la dame sans les couleurs dont le temps la décape. Une manière de lys de pierre. Et quoi d'étonnant à ce qu'un tel phénomène se produise puisque nous vîmes, à la longue, les trois crapauds des armes de France changer leurs pattes, leur queue et leur tête en pétales, et devenir trois fleurs de lys.

Notre rôle, dans ce livre, ne consiste point à peindre des faits, fort vagues, ni à consigner des traités aux dates fort précises. Il se limite à dégager, en gros, les figures des femmes qui, chacune à son étage, ornent la façade de notre Maison. Ainsi, Racine, Corneille, Molière, Hugo voisinent-ils loin des misères dont ils furent victimes et des cabales qui les dressèrent les uns contre les autres, sous les arcades de la Comédie-Française. Ainsi Jeanne d'Arc sort-elle sa petite figure casquée d'une espèce de lucarne ronde au-dessus du Café de la Régence où était jadis la douve où elle fut blessée. Il nous est aussi difficile de l'imaginer vive et parlante que de voir la campagne, l'herbe et l'eau, à l'endroit des immeubles de la rue Saint-Honoré.

Blanche de Castille vivait, agissait, se lavait, riait, se fâchait, faisait des modes. Voilà des choses chaudes qui disparaissent en face de sa haute effigie de neige.

Nous aimons à nous la représenter, non pas comme la figure de proue du navire qui décore les armes de notre ville capitale – c'est la place de sainte Geneviève, – mais comme sa grande voile blanche, gonflée par le vent.

Isabeau de Bavière

Ce n'est pas à moi de juger des dévergondages d'Isabeau de Bavière. La Déesse Raison, le
puritanisme révolutionnaire, l'Amérique dont
Goncourt écrivait déjà « Les lavabos y tiennent
aux murs », bref, un siècle de progrès, c'est-à-
dire l'obéissance à des robinets et autres machines qui se détraquent sans que la main
d'œuvre leur vienne en aide, nous empêche de
concevoir l'élégance effrayante d'un âge où les
cathédrales, les églises romanes du Poitou,
Brantôme, les descriptions des hôtels Saint-Pol,
de Sens, de Saint-Maur et Barbette, donnent
une vague idée d'une Cour – celle de Charles VI – où le ciel et l'enfer s'enchevêtrent dans
un style d'une intensité sublime.

De l'âge de quinze ans où elle arrive
d'Allemagne en 1385 jusqu'au traité de Troyes
en 1420, après la bataille funeste à laquelle les
seigneurs français se rendirent naïvement

comme aux joutes, le règne d'Elizabetha — véritable prénom de la Reine, — d'Isabelle, d'Isabeau, déroule une mascarade ruineuse. La douce folie de Charles VI aidait cette mascarade. Il aimait se déguiser. Il lui arriva même de s'emplumer avec ses amis et de prendre feu aux torches. Le costume, le décor, les machines, les cérémonies, les bals, les cours d'amour, les messes se succédaient et donnaient lieu à d'incroyables débauches où chacun se ruait à ses vices sous des masques de bête. Les femmes se coiffaient de cornes de bouc, les hommes portaient des souliers à griffes de diable et à queue de scorpion. Les fous du Roi arboraient la capuche à oreilles d'âne. Les bals s'ouvraient par des cortèges étranges : jeunes hommes en robes de femme de douze aunes, autres jeunes hommes nus ne se parant que d'une seule manche collante à gauche et d'un seul maillot de jambe à droite, autres encore en jaquettes de Bohême affichées d'un grimoire obscène. Ensuite, Isabeau qui lançait le hennin et devait se tourner et se baisser aux portes. Ensuite, ses dames d'honneur qui sortaient des bains de lait d'ânesse et des étuves où elles imitaient la Reine et se faisaient couvrir de ventouses pour maigrir.

Dépeindre les chambres, oratoires et vergers de la Reine nous décourage. Il y faudrait plusieurs livres, et à peine nous croirait-on. Qu'on sache que le raffinement en dépasse les palais imaginaires des Mille et une Nuits.

Jacques Legrand, religieux augustin, s'éleva en chaire contre les désordres d'Isabeau, surtout contre l'indécence des costumes dont elle avait été l'instigatrice.

« Partout, votre conduite, s'écriait-il, est blâmée par les gens de bien. Si vous ne voulez m'en croire, déguisez-vous en pauvre femme et parcourez la ville. Vous entendrez ce que chacun dit de vous... » Elle riait de ce genre de prêches et les caricaturait dans son cercle. Un compte de 1414 nous donne la preuve du luxe et de l'inconscience de la famille royale : en pleine guerre civile, Charles d'Orléans se faisait livrer neuf cent soixante grosses perles destinées à orner sa veste. Cinq cent soixante-huit perles plus petites sur sa manche forment les notes de musique de la chanson : « Madame, je suis plus joyeux... ». C'était à la veille d'Azincourt.

Il est vrai que ce faste aidait beaucoup de monde à vivre et il est probable que, s'il nous

était donné de surprendre sur le vif un intérieur
pauvre de l'époque, notre surprise serait grande
d'y trouver plus d'abondance que dans un intérieur riche d'aujourd'hui.

Jeanne d'Arc

De tous les écrivains de France, Jeanne d'Arc est celui que j'admire le plus. Elle signait d'une croix, ne sachant point écrire. Mais je parle de son langage, et de ses brefs qui sont sublimes. Pourquoi écrit-elle, s'exprime-t-elle si bien ? C'est qu'elle pense bien et que c'est la première vertu d'un style. Elle dit ce qu'elle veut dire et en quelques mots. Les réponses de son procès sont des chefs-d'œuvre.

Ces réponses reflètent sa vie courte et sensationnelle, mieux que l'Histoire ne nous la raconte.

Jeanne n'était pas une petite bergère de nos campagnes. C'était une petite fille de grande maison qui aidait sa famille au même titre que les autres petites filles de noblesse pauvre.

Ensuite elle a fréquenté la jeunesse dorée de la Cour. Les gentilshommes du Roi sont ses camarades. Elle en adopte l'aisance et l'aplomb.

Il est fort probable que sa pureté, sa confiance ne trouvaient point réponse dans son entourage, qu'elle l'agaçait à la longue et que ses camarades, moins naïfs qu'elle, l'ont finalement entraînée dans quelque aventure moins glorieuse qu'elle ne l'avait cru.

Elle s'est fait prendre dans un commando – pour employer un terme de notre époque – dont les buts n'étaient pas les siens. Lorsqu'elle est prise, nul ne se donne la peine de lui venir en aide. Elle commence le rôle d'échec et de solitude auquel toutes les grandes figures doivent se soumettre avant de briller au ciel des prodiges.

La vie de Jeanne est trop célèbre pour qu'on dénombre ses détails. Qu'il nous suffise d'écrire que cette sainte miroite de toute son armure à côté d'Antigone et de ceux dont la désobéissance aux règles mortes perpétue la dignité de vivre.

Il est incontestable que Jeanne devint, dès sa première démarche de visionnaire, un jouet de soie et de métal entre les mains de la politique. Elle était trop naïve pour y voir très clair, trop propre pour ne pas s'en rendre compte et pour ne pas en ressentir de la détresse. On a l'impression qu'elle s'est lancée quelquefois dans la mort et c'est parce qu'elle a échappé, que l'idée de sorcière se forme et décide sa perte.

Rien n'agace les grands seigneurs comme la gloire acquise. Les grands seigneurs et les capitaines. Lyautey en fut la victime. Jeanne ne sera pas limogée, mais livrée, abandonnée, brûlée.

Mais ce que ni l'Eglise, ni les grands seigneurs ne savent, c'est que certaines âmes sont des salamandres. Elles se meuvent à merveille dans le feu. Brûlez une Jeanne ! Elle renaît de ses cendres, s'envole et remplit l'horizon d'un arc-en-ciel.

La duchesse d'Étampes

On voudrait pouvoir dire tout court que la Duchesse d'Etampes – Anne de Pisseleu – était exquise. Mais voilà : elle était avide d'honneurs et d'argent. Ce qui ne l'empêchait pas d'être exquise. Corneille de Lyon nous la montre avec une bouche et des yeux de malice, un petit nez et un menton en pointe, un air de souris changée en princesse et toujours prompte à se loger dans les fromages.

A vrai dire, celui de Fontainebleau ressemblait plutôt aux pièges où on les met. Ce n'était point une résidence de favorite. C'était une citadelle. François Ier n'hésita pas, rasa les tours de garde, et, peu à peu, sortit de terre un château de Perrault – de Gustave Doré, devrais-je dire – où les volutes d'une chevelure de femme blonde se mêlaient à celles d'une ronce de pierre : on y pénétrait, comme le prince du conte, dans un inextricable et délicieux enchevêtrement architectural. Ici, les intrigues sont à base de peintures, d'orfèvreries, de statues qui roulent sur des socles mobiles, et dont les bras portent du feu. Si l'on essaye d'y prendre Charles-Quint, c'est dans un piège de perspectives et sous forme de joutes.

« Voilà, dit le Roi de France à l'Empereur d'Allemagne, pendant un bal, en lui désignant la Duchesse d'Etampes, une dame qui me conseille de vous garder. » C'était vrai et de bonne politique. Mais François Ier préférait le faste à la ruse et peut-être regretta-t-il de n'avoir pas écouté la favorite lorsque, cinq ans après, Charles-Quint rentra en vainqueur à Château-Thierry. Pour lors, il se contenta d'ensevelir ce prince sous les roses et la musique, de lui prouver que ses chausse-trapes n'étaient que chambres d'amour, machines de théâtre et cages d'or où chantaient les rossignols automates de Léonard de Vinci.

Comme la mode, vers 1860, était chez les reines de se meubler et décorer à la chinoise, celle de 1530 fut à l'italienne et de faire venir les artistes de la Renaissance. Léonard de Vinci, André del Sarte, Rosso, le Primatice, Nicolo del Abbate, Benvenuto Cellini, Michel-Ange, s'y succèdent ou s'y rencontrent, y collaborent ou s'y disputent. Le Roi ne choisissait pas mal. J'avoue préférer les intrigues d'où sortent des chefs-d'œuvre et des hommes qui se cabalent à coups de beauté, toute cette surenchère étonnante de rêve, aux intrigues de la politique dont il ne sort rien et dont rien ne reste.

On imagine ce qu'était l'esprit d'une femme perpétuellement aux prises avec des artistes de cette envergure, rompue au commerce de ces génies qui ne furent à ses yeux que les machinistes de son théâtre. Leur travail allait de la Joconde et de la Vénus Médicis aux étuves et aux tuyauteries des bains en plein air.

C'est dans la grotte de ces bains, si je ne m'abuse, que la première algarade grave entre la Duchesse et Diane de Poitiers eut lieu. En furent témoins Madame de Cany, Madame des Vertus et la Duchesse d'Uzès, Madame de Dampierre, qu'on surnommait la grenouille. A partir de cette algarade, le Château des fées devint un lieu de lutte entre Diane et la Duchesse. On s'y épuisait en pointes de toute sorte, et les objets italiens s'y chargèrent de maléfices. Vinci avait enseigné à la Duchesse la méthode des doigts en cornes et de la corne de corail. Elle en usait contre Diane. Mais le croissant de la nouvelle favorite lui répondait par d'autres cornes.

François Ier tombait malade – nous sommes en 1545. – Les courtisans le lâchaient et volaient au Dauphin. Le Roi leur fit la farce de se lever, de se farder d'une bonne mine, de marcher, de porter le dais à la Fête-Dieu. Les courtisans, inquiets, lui revinrent et il en rit à pleine gorge avant de mourir.

Le jour même de la mort de François Ier, Diane exigea de la Duchesse d'Etampes qu'elle lui remît ses joyaux. Le coup fut dur. Elle n'avait pas la main très ouverte. Et c'est parce qu'elle le savait que sa rivale en usa de la sorte.

La Duchesse de Valentinois dut y penser le soir de la mort de Henri II, lorsque les reines passèrent devant elle, sans la saluer, dans l'antichambre.

Madame d'Etampes mourut en 1576 dans ses terres et protestante. Elle céda la place à Diane de Poitiers qui changeait de prince, mais non point d'habitudes. Le règne de la Duchesse dura vingt-deux ans. Jusqu'à soixante ans, Diane sut tenir en échec la reine Catherine. Mais à vrai dire, à la fin de ce genre de règnes, mieux vaut se trouver en face de Diane de Poitiers que de Catherine de Médicis.

Parmi les joyaux de la Duchesse, il y en avait un offert par Charles-Quint, et voici comment : le Roi ayant dit à l'Empereur que cette belle dame lui conseillait de l'empêcher d'aller en Flandres, il s'inclina devant elle et feignit de perdre une agrafe d'émeraude. La Duchesse la ramassa et la lui tendit. L'Empereur la refusa, disant qu'elle se trouvait en mains trop belles pour qu'il la reprît. Il pensait : « en trop bonne poigne ». Il payait vite. Comme il souriait, et la regardait droit dans les yeux, elle le remercia et l'accepta.

Diane de Poitiers

Sous les croissants qui s'enchevêtrent et forment son monogramme, que voyons-nous? Pour Brantôme, la plus belle femme du monde, six mois avant sa mort. Pour Mégaray, une caricature. Marot parle de son automne de telle sorte qu'elle exige qu'on le brûle pour avoir mangé du lard en Carême. Le Roi seul peut le faire échapper au supplice.

Le futur Henri II, dès qu'il se fut épris d'elle, adopta le noir qui était le deuil de son époux, Louis de Brézé, comte de Maulévrier, grand sénéchal de Normandie. Jusqu'à sa mort, le Roi porta donc le deuil de son prédécesseur.

Diane, Duchesse de Valentinois, luttera sans cesse pour sa gloire et ses prérogatives. Catherine de Médicis attendra, comme à l'affût, à Fontainebleau, la grande minute où elle renversera les rôles.

Cette grande minute, c'est la lance de Montgomery qui la provoque. Blessé à l'œil, le Roi meurt. Et tandis que le palais retentit du « Le Roy est mort, vive le Roy », Catherine et toute la Cour passent, sans la regarder, devant la vieille Diane, seule, appuyée au mur, morte de douleur et de honte.

Gabrielle d'Estrées

Pour madame la Marquise

Les grands monts
        sont mis à monceaux
Et toute la France
        en morceaux.

Voici ce qu'alors on disait d'elle. Et l'on disait encore :

Ce ne sont pas des yeux,
        ce sont plutôt des dieux.
Ils ont dessus les rois
        la puissance absolue.

Voilà qui résume l'éternelle histoire des favorites.

Gabrielle d'Estrées met en branle toutes les comparaisons conformistes : bouche purpurine, dents de nacre, gorge d'ivoire.

Cette bouche, ces dents, cette gorge, en 1590, étonnent Henri IV, quadragénaire. Il empestait. Elle embaumait. Il était fruste et hirsute. Elle était gracieuse et lisse. Une partie de chasse à Villers-Cotterêts, est, comme toujours, à la source d'un fleuve de perles, de diamants et de désastres.

Après le 27 février où le Roi est sacré à Chartres, elle entre à Paris, le 15 septembre, entre sept heures et huit heures du soir, dans le cortège royal. Les flambeaux escortent sa litière. Couverte de pierreries, elle traverse la ville comme une belle châtaigne de feux.

On devine la suite. Nicolas de Liancourt d'Armeval l'épouse, par fidélité à la Couronne. Le mariage de raison dérange Henri IV qui le fait rompre le 24 décembre 1594, sous prétexte d'une impuissance de Liancourt. Impuissance étrange, puisque, d'un premier lit, il avait quatorze enfants.

Bref, voilà libre la favorite, et le faste commence. Fontainebleau devient une dentelle de pierre et d'or semblable à ces mouchoirs que Gabrielle payait dix-neuf cents écus, c'est-à-dire le prix de deux carrosses et de huit chevaux.

En 1598, on donne des fêtes pour la paix de Vervins, signée avec Philippe II d'Espagne. A ces fêtes, la Reine reste aux places d'ombre. C'est la Duchesse de Beaufort qui règne aux places de soleil.

Voici une de ses robes : « De velours vert découpé en branchages, doublée de toile d'argent, et icelle chamarrée de passements d'or et d'argent, avec des passepoils de satin incarnadin, ladite robe à double queue, garnie de son corps de grandes manches à la Bolonnaise, avec des bourlets aussi de même. »

Trois enfants, dont un, César, né le 7 juin 1594, devient le chef de la maison de Vendôme, affermissent la fortune de Gabrielle.

Le Roi voulut épouser Gabrielle. Un songe où elle flambait vive et un astrologue qui voyait rôder la mort autour de la fausse Reine, empêchent les noces.

A Melun, chez Monsieur Zamet, elle tombe d'apoplexie, après quelques débauches de musique et de nourritures.

On la porte, à sa demande, au cloître de Saint-Germain, chez Madame de Sourdis.

On empêche le Roi de voir sa figure défigurée. Morte, elle l'avait « quasi tournée du devant derrière » et sa grimace était hideuse.

Le peuple décida que le diable lui avait tordu le cou.

Marie de Médicis

Le mariage de Marie de Médicis avec Henri IV résulta d'une de ces affaires comme il en existe pour les immeubles et les hypothèques. On devine le nombre de rendez-vous entre hommes de robe, de discussions, de mises au point, de signatures, qu'il fallut avant que les choses ne se décidassent. Henri IV épousait la famille des banquiers. Les Médicis l'étaient de longue date.

Le Grand-Duc de Toscane, après la mort de Jeanne d'Autriche, avait épousé sa maîtresse, Bianca Capello. Il se partageait hors de Florence, entre sa nouvelle femme et son commerce : galions qui sillonnent les mers, comptoirs de banques des grandes villes italiennes, magasins de blé, coffres de diamants.

Après la mort du Grand-Duc et de Bianca Capello, le 19 octobre 1587, celle de ses frères et sœurs morts en 1583 et 1584, le mariage d'Eléonore, son unique sœur vivante, avec le duc de Mantoue, Marie resta seule au palais Pitti, où son père avait chambré toute la famille. Elle resta seule auprès d'une amie, Léonora Dori, nommée ensuite Léonora Galigaï, qui avait trois ans de moins qu'elle et devait jouer un grand rôle dans le drame.

Henri IV était l'époux de Marguerite de Valois, l'amant de Gabrielle d'Estrées. Rien de plus simple. Il devait 1.174.147 écus d'or. Il annulerait son premier mariage, conserverait Gabrielle, négocierait avec le Pape, épouserait une banque, c'est-à-dire la Princesse de Toscane.

Le 5 octobre 1600, à Florence, Monsieur de Bellegarde, par procuration du Roi de France, épouse Marie de Médicis, petite cervelle, grosse lippe autrichienne à qui s'ajoute le prognathisme des Habsbourg.

La marchandise épousée quitte Florence, arrive à Marseille le 9 novembre, à Lyon le 3 décembre. Henri IV en prend livraison le 8, couche avec sa femme, et court rejoindre Henriette d'Entraigues au château de Verneuil.

« Celle-ci a été ma maîtresse, dira-t-il à la Reine (à Paris, en février 1601), elle veut être votre particulière servante. »

La particulière servante fit de la Reine une sorte de souffre-douleur. Elle la moquait, la bafouait et profitant de ce qu'elle parlait et comprenait fort mal notre langue, lui disait à toute vitesse les pires insolences.

L'Italie des grandes intrigues secrètes, des intrigues sournoises, des meurtres, a reformé sa caricature en Amérique – à Chicago, entre autres – à l'époque des gangsters. Tous furent Italiens et parodièrent sans le savoir le style de la Renaissance. Concini leur ressemble. La Reine régente chassa Sully. Concini parut, gesticula, baragouina, épousa Léonora Galigaï, favorite de la Reine. Bref, ce couple d'aventuriers devint, après la mort de Henri IV, une singulière dictature pendant la minorité de Louis XIII. Le jeune prince les haïssait et haïssait sa mère, leur complice maladroite. Luynes le monta de telle sorte contre eux qu'après la mort de Concini, tué au Louvre par Vitry, à la tête des gardes royales, il félicita l'assassin en ces termes : « Grand merci à vous, je suis Roi à cette heure. »

Le cadavre de Concini traîné dans les rues et brûlé aux potences, la Galigaï décapitée, la Reine passa de sa chambre à la prison de Blois.

La machine politique de Marie de Médicis recommence avec Richelieu, lorsqu'elle le fait entrer au Conseil en 1624. Elle revint à la Cour après la paix d'Angers, en 1620. Cette machine se détraque vite. Richelieu prend ombrage et cherche à se débarrasser de sa tutelle. La journée des Dupes – 1630 – sera décisive. La Reine mère est exilée à Compiègne et quitte la France. Chassée de Londres en 1641, elle revint mourir à Cologne en 1642 après avoir vainement sollicité de rentrer en France.

Tout cela est fort vite dit. Les jours s'accumulent et l'intrigue se relâche.

Rubens, Philippe de Champaigne travaillent et couvrent de magnificences les décors du drame. Les freluquets, jeunes Italiens que Marie traînait à sa suite, imposent leur mode et déforment la langue. Ils marchent sur la pointe des pieds, branlent du chef, mâchent de l'anis et rongent des cure-dents.

Au Louvre et à Fontainebleau, à Saint-Germain, les enfants de la Reine et les bâtards du Roi sont élevés pêle-mêle. On donne des ballets et des concerts où les plus célèbres chanteurs florentins triomphent. Tout cela rend difficile de retrouver la perspective et de comprendre en détail une étonnante histoire de haine et de luxe. En fait, que nous reste-t-il de cette Italienne, de la grosse balourde comme l'appelait la Maréchale d'Ancre? Une superbe Flamande de Rubens.

La Grande Mademoiselle

Anne-Marie-Louise d'Orléans, duchesse de Montpensier, séjourna au Dôme des Tuileries depuis sa naissance. Elle y demeurera vingt-cinq ans. Madame de Saint-Georges la jette dans les danses et les chasses à courre. Elle omet de lui apprendre à lire et à écrire. Elle a une naine et mille caprices. Madame de Fiesque qui succède à Madame de Saint-Georges, l'enferme dans sa chambre et méprise les bagatelles. Mademoiselle se donne au théâtre et s'exalte aux pièces de Corneille. Elle y puise de nouveaux exemples pour alimenter sa superbe. Et la voilà toute à la rage des noces. Elle vise haut, comme de juste. Elle court après les rois, sauf après celui de Pologne, qu'elle estime être trop vieux et trop sauvage. Ses hautes manœuvres échouent les unes après les autres. Pour Ferdinand III elle fit la dévote. Pour le Prince de Galles elle manquait d'enthousiasme. Mazarin l'empêche d'épouser l'archiduc Léopold et arrête Saujon, gentilhomme un peu fol qui avait emmanché l'aventure. Bref, Mademoiselle reste Mademoiselle, et, en grandissant, devint la Grande Mademoiselle. C'est une amazone. Une frondeuse de naissance. Une brouillonne. Mais si elle moque le Cardinal, fait jouer « Votre Eminence » par les marionnettes et tire le canon de la Bastille, si elle se signale par mille extravagances, si le Roi la met, le 19 octobre, à la porte, si elle cabale d'exil en exil, si, en 1657, elle réside à Saint-Fargeau, apprend à lire et à écrire et commence ses mémoires, sa course au mariage ne s'interrompt pas. En 1669, revenue à la Cour, elle tombe amoureuse de Lauzun. Il avait les dents gâtées, mais un sourire diabolique et son élégance était célèbre. La nouvelle de ce mariage fut un scandale immense. Monsieur – qui lui avait proposé la place de Madame – déclara que sa cousine était bonne à mettre aux PETITES MAISONS. Mademoiselle cassa les vitres de son carrosse et se coucha raide sans connaissance.

Les suites de ce collage ou mariage secret furent atroces. Lauzun la trompe. Ils se battent. Et en 1685, ils se brouillent. A soixante-six ans, elle danse encore et fait la petite folle. Elle meurt le 5 avril 1693 de la vessie qu'elle avait beaucoup secouée. On porte au Val-de-Grâce son cœur qui battait beaucoup et ne brûlait guère.

J'oubliais de vous dire que cette éternelle fiancée, qui refusa Charles II d'Angleterre « pour ce qu'il était bègue et ne mangeait pas d'ortolans », voulut épouser Louis XIV. Pour cette intrigue la Palatine devait toucher trois cent mille écus.

Pour vous donner une idée de son cœur, je citerai ses mémoires. Elle passait à l'hospice de Beaune. « L'abbesse, dit-elle, nous régala d'une folle. » Drôle de régal !

On se représente la Grande Mademoiselle, magnifique, absurde, debout sur une montagne d'imaginations, de détritus de projets de mariage, avec une robe retroussée fièrement à la hanche, un feutre à plumes, une cravache à la main, canonnant le vide.

Louise de la Vallière

Louise de La Baume Le Blanc, Duchesse de la Vallière, est en fin de compte une pauvre victime, prise dans les pièges, chantages, perspectives, bosquets à musique, et autres cruautés atroces du Versailles de Louis XIV. On se la représente volontiers sous l'apparence d'un gibier qui boite et qui saigne d'une aile au milieu des joyeux tintamarres d'une chasse à courre. Ce qui frappe, c'est le cortège de luxe, de spectacles, de festins, de carrosses et de belles dames qui éclabousse cette amoureuse, se moque de sa douleur, et finalement l'écrase.

Il ne faisait pas bon aimer et dépenser les richesses du cœur dans cette effrayante machine de grandes eaux et de crasse.

Peut-être à vingt-deux ans, le Roi devinait-il que l'amour existe et n'avait-il pas encore adopté l'armure de boucles, de satin, de velours et d'ordres, propres à le protéger contre ses flèches et, en somme, contre tout ce qui dérange un vrai monarque. Le Roi se devait de donner à ses caprices un style correspondant aux conseils de Bossuet ou de Bourdaloue. Madame, puis, Madame de Montespan sont des vedettes dignes d'un décor que dresse Louis XIV pour y interpréter son propre rôle. La petite figurante sera vite reléguée dans l'ombre d'où elle était venue. Elle insistera. Elle pleurera. Elle s'éloignera. Elle reviendra. Elle supportera toutes les hontes. Enfin, elle s'enterrera vivante, à la Trappe des femmes – les Carmélites du faubourg Saint-Jacques – et deviendra Sœur de la Miséricorde. Bon débarras, à ce qu'il semble. Le Roi s'était donné la preuve qu'on le pouvait aimer pour lui-même. Il n'en douterait plus lorsque son âge allait rendre ce doute légitime. Il est possible que la pauvre Louise ait été pour quelque chose dans l'assurance et l'orgueil sans taches qui firent de Louis XIV le modèle du genre, c'est-à-dire un chef-d'œuvre monumental du contentement de soi.

Madame de Pompadour

« Pauvre marquise, elle n'a pas de chance ! »
Voilà l'oraison funèbre prononcée par le Roi,
de sa fenêtre, regardant tomber la pluie sur le
corbillard de sa favorite.

Le nom même de la Pompadour est un pro-
gramme. Sans doute son rôle fut-il de résumer
par le luxe et la dépravation charmante un des
seuls règnes qui ne fut un grand règne que par
les objets qui nous en restent. Contrairement à
des rois dont la grandeur politique est mécon-
nue – Louis XI, Henri III, – Louis XV n'est pas
un roi qui nous honore.

Si le nom de la Pompadour est un pro-
gramme, son nom de famille, Poisson, en est un
autre.

Que d'intrigues, que d'embuscades, que de
ruses, pour devenir la maîtresse du Roi,
s'installer à Versailles, passer du rôle de favorite à celui de ministre. Cette tête charmante

couronnée d'un nuage de poudre est une tête solide.

D'abord, Madame de Pompadour dessine, grave, compose des chansons. « Nous n'irons plus au bois » est d'elle. Sèvres ressuscite et invente de nouvelles formes sous ses directives.

Ses modes deviendront le délice des collectionneurs.

La Tour nous la montre à ce stade de chance insolente, mais le regard de la triomphatrice exprime une tristesse.

Boucher, Nattier, Carle Vanloo, Pigalle ne surent pas sortir leur modèle de cette étonnante inquiétude du succès que La Tour oblige Jeanne-Antoinette à nous avouer sans qu'elle s'en doute.

Les « Poissonnades » couraient les salons. Sa présentation à la Cour devint le centre d'une guerre des dames. On espérait que la Reine mettrait, par son attitude, un point final à ce scandale. Mais Madame de Pompadour, accompagnée d'une vieille plaideuse, Madame de Conti, arrachée de sa province à cet usage, ensorcela tout le monde par son aisance. Marie Leczinska, trop malheureuse à cause des Mailly, des Vintimille, des Châteauroux, se dit qu'une petite bourgeoise la respecterait davantage. Le baiser sur la joue du Roi et le sourire de la Reine firent fondre la glace. Madame de Pompadour, pendant vingt ans, restera la reine des artistes et manœuvrera les hommes politiques.

La Révolution débute à petit feu par le peuple, qui entraîne la monarchie à la faillite sous un déguisement de plumes et de perles. Fille d'une mère galante et d'un escroc, la Pompadour amorce le travail où Madame de la Motte mettra le dernier coup de pouce.

Avec le recul, elle semble une fée, mais une fée qui transforme les valets en rats et les carrosses en citrouilles.

Marie-Antoinette

Perdre la tête prend son sens extrême et tragique lorsqu'on songe à Marie-Antoinette. Sa frivolité hautaine en période de chance devient, lorsque les circonstances l'y obligent, une grâce très noble devant le malheur.

Rien de plus mal élevé que le cœur sous un maquillage de politesse. Rien de mieux élevé qu'une âme étouffée par la pompe des cours lorsque le spectacle change et que la comédie tourne en drame.

Le sens du lieu qui nous agace dans les bergeries et dans les bals donne immédiatement à Marie-Antoinette le génie de son rôle au Tribunal de Fouquier-Tinville. Plus de morgue, plus de frégate sur des boucles blanches. Une mère très simple et insultée qui se révolte avec les mots que l'orgueil ne déforme plus. Cette actrice sifflée, devient une très grande tragédienne et touche le public des galeries.

Le meilleur portrait de la Reine est sans doute cette esquisse de David, lorsqu'elle passe, assise dans la charrette. Elle est déjà morte. C'est une autre personne que les sans-culottes conduisent à l'échafaud. C'est une autre personne, vidée d'elle-même, qui défile sous un considérable catafalque de panaches, de velours, de satins et de lanternes vénitiennes.

Dans les forêts allemandes, les loges secrètes de Swedenborg devinaient bien ce que serait ce catafalque, elles qui dépêchèrent Cagliostro en France pour perdre la Reine et ruiner le régime.

Un cardinal crédule, quelques lingots d'or, un four d'alchimiste, une intrigante, deux joailliers, un collier de diamants, une petite prostituée qui ressemble à la Reine, et tout l'édifice s'écroule.

Une bonne fée changera la victime en ce Trianon où le visiteur peut voir circuler encore le sang rose de ses veines.

Juliette Récamier

On parlait autour d'elle, on lui parlait, on lui faisait la cour, elle écoutait. Elle écoutait les personnes qui marchent de long en large, celles qui sont assises, celles qui sont à genoux. Elle les écoutait, étendue sur une chaise longue. Et, comme les jeunes femmes de la mythologie deviennent des arbres, elle devint chaise longue et la chaise longue porte son nom. Peut-être valait-il mieux qu'elle ne parlât pas. Peut-être savait-elle s'astreindre à ce rôle admirable, puisque les hommes, quoi qu'ils en disent, préfèrent le monologue à la conversation et trouvent de l'esprit à ceux qui leur prêtent une oreille attentive.

Sa manière de répondre devait être le sourire, et bien qu'il soit difficile de se faire une idée d'un charme à travers des rapports et des images, je suppose que Juliette Récamier devait dégager quelque phosphorescence rose, une douce lumière semblable à celle des vases d'albâtre.

Peut-être, comme les murs d'Afrique dégagent le soir le soleil du jour, peut-être, dis-je, Juliette Récamier luisait-elle de toute la lumière pénétrante qu'elle avait reçue de Benjamin Constant, de Chateaubriand ou de Lamartine.

Elle s'est couchée, une fois pour toutes et mollement, dans la légende et elle y reste, alors que tant d'actrices remarquables ne peuvent s'y tenir debout.

Madame de Staël nous apparaît dans le rôle de metteur en scène de cette actrice, de ce mime, de ce sujet de tableau vivant du Premier Empire. J'oubliais le principal : Juliette était bonne et ne songeait qu'à rendre service.

L'Abbaye-aux-Bois symbolise ces lieux d'inconfort et de gourme qui paraissent être, à distance, les îles bienheureuses de l'esprit. Madame Desbordes-Valmore y venait chercher de l'aide. Le cercle solennel des chaises et le fauteuil de Chateaubriand l'intimidaient. Mais Juliette devinait sa grande détresse douce. Personne ne voyageait plus vite que cette dame couchée. Madame de Staël et sa bande traînaient sa chaise longue derrière ses chaises de poste. On les trouve sans cesse à tous les points cardinaux de l'Europe. Et ils s'écrivent. Et si le téléphone eût existé, il n'eût servi qu'à eux.

L'Empereur craignait cette troupe en tournée dont Madame de Staël était le chef. On y jouait des tragédies. On y conspirait. On y parlait. Et Juliette était la spectatrice de ce dangereux théâtre de funambules.

L'Impératrice Joséphine

Marie-Joséphine Tascher de la Pagerie –
Yéyette pour la négresse qui était sa nourrice –
aimait à se tirer les cartes. Je parle de la Joséphine que nous retrouvons à la prison des Carmes, après la mort de son mari Alexandre sur l'échafaud. Il s'était mêlé de politique. Devenu Président de l'Assemblée, il sera guillotiné le 9 thermidor 1794. Elle démoralise les autres détenues par son manque de courage. Elle pleure.

Ce qui est étrange, c'est que Joséphine, si craintive du destin, le brave en rêvant d'acheter la Malmaison et en l'achetant en pleine chance. Malmaison veut dire Maison Maudite. Que Bonaparte affronte le destin, passe encore, et il s'y brise. Mais que la petite créole s'en mêle, nous étonne. Il est vrai que tout la pousse au vertige. Elle dépense, elle dépense. Et lorsque Bonaparte rentre de ses campagnes et la trouve avec les yeux rouges, il dit : « Elle a encore fait des dettes. »

La Malmaison, d'abord modeste, déborde, s'allonge, se développe sur les campagnes voisines. Par le luxe, et toujours attentive à plaire au seigneur et maître, Joséphine lutte contre l'âge et consolide tant bien que mal une petite beauté molle des îles. Les sœurs de Bonaparte la surnomment férocement : la vieille. C'est injuste. Elle est jeune, mais sans doute, au milieu de ce carnaval de titres et de décorations, symbolise-t-elle ces vieilles familles, qu'elle raccroche et qu'elle enrégimente. Du reste, elle est bonne et ne triche pas. Elle trouvait Talleyrand trop impudemment bonapartiste et préférait Fouché, quoique jacobin, « le seul qui, disait-elle, fasse entendre la vérité à mon mari ».

Le jour du sacre, Napoléon aura la délicatesse de s'attarder à lui mettre la couronne, à la placer, la déplacer, arranger, pour que cette couronne devienne une coiffure seyante et ne soit pas seulement un symbole.

On devine, en lisant la déclaration de Joséphine, faite le 15 décembre 1809 en présence du comte Regnault et du chancelier Cambacérès, que c'est une page apprise par cœur par la malheureuse, au milieu des crises de larmes. L'amour de la gloire l'emporte. L'Empereur dédaigne un vieil amour qui ne le prolongerait pas. Joséphine subira une peine plus douce que les reines stériles qu'on chassait ou condamnait à mort sous un prétexte quelconque. Elle sera ex-impératrice de la Maison Maudite, y recevra, y séchera dans le faste des volières qui se dépeuplent, de ses hamacs, de ses cacatoès, de ses sept cents robes, de ses deux cents chapeaux. Pendant l'Ile d'Elbe, elle y donnera une fête pour le Tsar Alexandre que l'Empereur aima tant. Mais ses cartes lui conseillèrent-elles de donner une fête aux Alliés vainqueurs ? J'en doute. Et de se rendre à celle du Tsar à Saint-Leu ? Bref, elle y met une robe de mousseline, y prend froid et meurt d'une grippe. Ses derniers mots furent : « L'Ile d'Elbe ».

Au mois de juin 1815, après son abdication, Napoléon vint revoir la Maison Maudite, cette Malmaison de son apothéose. C'est la tristesse d'Olympio. Il traverse le domaine, les mains dans le dos, la tête basse. Il s'y gorge de tristesse comme il s'y gorgeait de gloire, car il n'admet que les doses massives. Escorté de fantômes, il peut partir pour Rochefort.

L'Empereur avait trop épuisé son destin pour qu'il le perpétuât. Tout s'en ira en poussière et, plus que le souvenir de Marie-Louise et du Roi de Rome, c'est le souvenir de sa compagne de lutte qui nous touche le cœur.

La duchesse de Berry

Lorsque Diane de Maufrigneuse se déguise en jeune homme et saute d'un cabriolet dans la petite ville de province où Balzac la mène, on pense inévitablement à une autre Duchesse, celle de Berry si belle et si audacieuse.

Tant de grâce napolitaine exposée aux malveillances de la Cour ! Voilà le cri que pousse Madame de Béthisy lorsqu'elle voit la jeune princesse bousculer l'étiquette et, au lieu de s'agenouiller sur un tapis rouge, sauter au cou de Monseigneur.

Tout commença par des fêtes. La jeune femme et le Duc de Berry étaient amoureux. Lorsqu'ils étaient fatigués du cortège de festins, de bals, de concerts, de parades militaires, ils se sauvaient bras dessus bras dessous, prenaient l'omnibus, couraient les magasins, achetaient mille merveilles qu'on envoyait à Naples. Ils barbouillaient des toiles au Bois de Boulogne, s'asseyaient au bassin des Tuileries et demandaient, un soir de pluie, à un inconnu de les conduire à l'Elysée.

Madame n'approuvait pas ce genre. La Duchesse la surnommait : Madame J'ordonne. Elle blâmait les robes, la grâce, la désinvolture, l'horreur de l'étiquette. La Duchesse se moquait d'elle et de son cercle incompréhensible pour une jeune femme élevée à Naples, où l'étranger croit, quand il y débarque, tomber au milieu d'une kermesse.

L'assassinat du Duc de Berry est trop célèbre pour que j'y revienne. Il se fit sous la tente des voitures, à l'Opéra. Louvel l'avait longtemps pesé, médité sous les arcades à lanternes du Palais-Royal. L'Opéra était alors place Louvois, où se trouve le square. Le coup fut si rapide que le comte César de Choiseul, croyant le Duc bousculé, dit à Louvel : « Prenez donc garde à ce que vous faites. »

La suite est lamentable. Le Duc de Berry se meurt dans un petit salon aux banquettes rouges, tapissé d'affiches. Au loin on entend l'orchestre qui termine le CARNAVAL DE VENISE. Personne ne trouve de quoi bander la plaie. Le sang coule dans une assiette. Madame de Béthisy et la Duchesse couvertes de perles, de tulle, de sang, retroussent leurs jupes, arrachant leurs jarretelles, mais le tissu est trop élastique. La Duchesse repousse Rollet, le libraire, qui propose sa cravate et elle déchire sa ceinture. Les médecins arrivent trop tard, assistés par une figurante des Noces de Gamache, en costume espagnol.

La nouvelle est apprise chez Madame de la Briche où l'on donnait une mascarade, représentant un baptême au village. Chacun se dépouille de son costume, va chercher son uniforme, se précipite. La hâte est telle que Monsieur de Meun ne peut se changer et, toute la nuit, doit vaquer à son service funèbre en costume de vieille paysanne, un bonnet enrubanné sur la tête.

La véritable ligne de la Duchesse commence après qu'elle eut mis au monde le Duc de Bordeaux. C'est pour qu'il règne qu'elle se jettera dans l'aventure. Sous son pseudonyme de résistance : le « Petit Pierre », elle galopera, se glissera, rampera, traversera des fleuves, manquera de se noyer, se cachera dans des meules et dans des étables, cherchera de l'aide au dehors, et ne la trouvant pas décidera que son fils ne devait en recevoir que du dedans. Monsieur de Charette sera son seul compagnon véritable en Vendée.

D'échec en échec, le « Petit Pierre » devint une dame en fuite jusqu'à la cachette d'une cheminée à Nantes.

Ceux qui la recherchaient allaient faire chou blanc, lorsqu'ils allumèrent du feu. La cachette devint un enfer. Mademoiselle de Kersabieck frappa contre la plaque. Les gendarmes éteignirent le feu et mirent le mécanisme en marche. Le rideau se leva. C'était le dernier acte. Le rôle du « Petit Pierre » était joué. La Duchesse ne portait ni la blouse ni la perruque. Elle sortit de la cheminée comme d'un théâtre et demanda au préfet de partager le sort de ses compagnons.

Que dis-je ? la Duchesse n'avait point fini son jeu. On la transféra au château de Blaye. Les libéraux demandaient qu'elle fût jugée, les légitimistes qu'elle fût libre.

Chateaubriand essaya de remuer les cendres, de raviver la braise, de faire un explosif. La bombe vint de Blaye. La Duchesse était enceinte. Elle avait épousé secrètement à Naples le Comte de Lucchesi-Palli.

Lors du coup de théâtre de la cheminée, la

Duchesse avait été vendue à M. Thiers par un juif nommé Deutz, lequel Deutz en 1831 lui avait été recommandé par le Pape.

L'Impératrice Eugénie

J'ai connu l'Impératrice Eugénie dans sa villa du cap Martin, la villa Cyrnos. Elle en arpentait le jardin à pic, comme une chèvre. Elle portait une manière de soutane, un chapeau de paille sombre, une canne à béquilles. Elle était infatigable. Ses yeux étaient délayés et il n'en restait qu'une vague tache bleu pâle encerclée de maquillage noir. Elle éclatait parfois d'un rire espagnol, ce rire qu'on entend aux arènes lorsque les femmes trépignent d'enthousiasme, avec leurs petits pieds de bouc. Elle arrachait des touffes de mauvaises herbes. Elle détestait les fleurs. J'étais très jeune. L'Impératrice était très vieille. Mon coup d'œil était donc celui de quelqu'un qui entre et qui regarde vite quelqu'un qui sort.

Maintenant je regarde mieux, et l'image de la jeune Eugénie de Montijo de Guzman, comtesse de Téba, impératrice de France, coiffée par Félix et habillée par Worth, peinte par Winterhalter au centre d'un cercle de demoiselles d'honneur, plus intimidante que la vieille garde de Napoléon Ier, se superpose à son fantôme du cap Martin.

A en croire Hugo, la Cour des Tuileries était une sorte de French-Cancan, et pire. Pour nous, avec le recul, c'est le charme de la *Vie Parisienne* d'Offenbach, des meubles qui nous émeuvent, Stendhal et Mérimée qui traversent des salons pareils à des serres chaudes où pendent les fruits exotiques des globes du gaz.

J'ai revu l'Impératrice, avant sa mort, à l'hôtel Continental, en face des grilles où le peuple enviait et lui reprochait ses fêtes.

Elle y parlait de sa jeunesse avec la duchesse de Mouchy et le duc de la Rochefoucauld. Je retenais ma respiration. Je craignais par un souffle de faire tomber en poussière ces spectres délicieux, d'être le coq qui disperse des ombres. Et mon dernier souvenir du visage de l'Impératrice est celui d'une de ces têtes réduites par les Zoulous qui tuèrent son fils, le Prince impérial.

Sarah Bernhardt

Cet étrange paquet d'une tignasse blonde et d'étoffes orientales, étoilé par des yeux de vieille lionne, ce déroulement de meuble en meuble d'une femme mourante, forte comme un Turc, et qui s'achève les bras en croix contre une porte médiévale, c'est le souvenir que nous laisse Madame Sarah Bernhardt. Nous ne la vîmes jamais en costume de jeune troubadour, une plume à sa toque, armée d'une mandoline ; jamais nous ne la vîmes maigre, dans la reine de *Ruy Blas*, plissée du bas en haut jusqu'à sa figure qui sortait d'une ruche, et seuls les portraits de Clairin nous la montrent en train de sculpter dans un costume de Pierrot, qu'elle devait prendre pour une cotte de maçon. Nous la connûmes en pleine gloire, ne pouvant ouvrir la bouche sans être acclamée par le public qui fréquente Venise et pareille à ce palais Dario qui penche et qui salue les gondoles.

Son corps ressemblait à celui de quelque admirable Polichinelle. Son large poitrail cuirassé sous l'uniforme du Duc de Reichstadt, ou sous les turquoises de Théodora, se terminait aux cuisses par une écharpe qui la sanglait derrière et, devant, se nouait et retombait sur ses bottes ou sur sa robe à traîne. Sans cesse elle saluait. A son entrée, à sa sortie, à la fin des actes, et son jeu sublime qui brisait les cadres était un évanouissement coupé de cris de rage.

La dernière fois que j'eus la chance de la voir, elle interprétait le rôle d'Athalie. On lui avait coupé la jambe. Des nègres l'apportèrent dans une espèce de brouette. Elle récita le songe. Arrivée à « Pour réparer des ans l'irréparable outrage » elle sourit, branla du chef, écarta les bras, se frappa la poitrine de ses mains chargées de bagues, s'inclina, prenant le vers à son propre compte et s'excusant auprès du public de lui apparaître encore. La salle se leva et trépigna.

Voilà des spectacles de théâtre comme n'en saurait plus imaginer notre époque dont le ridicule est de croire qu'elle a le sens du ridicule et qui prend pour une insulte à son adresse le moindre signe insolite de la grandeur.

Madame Sarah Bernhardt ressemblait à ces tragédiennes sans théâtre, dont je parle souvent, et qui s'inventent un personnage et un décor dans le vide et dans la vie. On dirait que de ne pouvoir incarner des héroïnes les exalte et les pousse à leur extrémité. Mais Madame Sarah Bernhardt présentait ce phénomène de vivre à l'extrémité de sa personne dans sa vie et sur les planches. De son extraordinaire pouvoir d'évanouissement elle encombrait le monde. On la disait tuberculeuse, sans doute à cause des innombrables mouchoirs qu'elle pétrissait et qu'elle écrasait sur sa bouche, des roses rouges qu'elle mâchait pendant les scènes d'amour. Sa voix était d'un automate, tremblante et droite. Elle en cassait soudain le débit rapide pour mettre en valeur quelque relief d'une vérité d'autant plus frappante qu'il se produisait à l'improviste.

A ceux qui ne peuvent admettre l'existence de monstres sacrés d'un tel registre, je conseille de se rendre à New-York et de réclamer à la cinémathèque le film qu'on y conserve de Madame Sarah Bernhardt. A l'âge de soixante ans, elle y tourne le rôle de Marguerite Gautier. On y médite la parole d'un célèbre acteur chinois lorsqu'il disait au même âge : « Je commence à pouvoir jouer les ingénues. »

Quelle actrice, mieux qu'elle dans ce film, jouera les amoureuses ? Aucune. Et l'on se retrouve ensuite dans la vie moderne, semblable au plongeur qui vient de se trouver face à face avec une géante pieuvre rose des mers du Sud.

Liane de Pougy

Sem n'arrivait pas à l'enlaidir. Il juchait son profil de couteau à poisson en haut d'un col de cygne. Autour de ce col s'enroulait un boa de plumes d'autruche.

Le poing sur la hanche, harnachée de perles, cuirassée de diamants, Liane de Pougy avançait entre les tables de Maxim's avec l'indifférence des astres.

Les hommes se levaient et la saluaient. Elle continuait sa route. Si elle s'arrêtait et parlait, c'était pour s'adresser à une camarade et lui dire une insolence très drôle, d'une voix enfantine.

Elle était grand premier rôle sur cette scène de Paris faite de quelques lieux, toujours les mêmes. Elle y jouait son personnage sans la moindre faute et sa chambre était une loge d'actrice, où elle se préparait à paraître en public.

Il est difficile à notre époque d'expliquer ce que furent ces femmes auprès de l'attitude desquelles le style d'une femme du monde d'aujourd'hui aurait l'air du pire avachissement. Elles furent les geishas de France. Elles ornaient les loisirs des hommes qui travaillaient, et admettaient les autres à titre de garde d'honneur. Les oisifs étaient en quelque sorte les boys qui s'échelonnent sur les marches, au passage de la vedette.

Lorsqu'elles entraient chez Maxim's elles feignaient de leur adresser la parole et ils feignaient de leur répondre. Ils aidaient leur entrée.

Posséder et promener ces souveraines, dont Liane de Pougy est le prototype, était aussi coûteux et aussi compliqué que d'acheter un immeuble et de le meubler du haut en bas. Leurs amours étaient secrètes. On les servait aux rois sur un plat d'or. Elles quittaient la scène pour épouser quelque prince, vivre en Bretagne, y vendre leurs bijoux et les répandre en aumônes. C'est ainsi que nous vîmes Liane de Pougy devenir princesse Ghyka et réussir la vie la plus calme et la plus heureuse.

La comtesse de Noailles

De sa naissance qui la projeta chez les Brancovan tout armée de sa plume comme d'une lance de Minerve, jusqu'à sa mort où nous la vîmes semblable à la momie de Thaïs, la Comtesse de Noailles fut un véritable feu d'artifice de joie et de douleur. Je m'honorais de son amitié. Innombrables furent nos conciliabules dans sa chambre Louis XVI. Cette idolâtre du soleil y vivait à l'ombre. Bref, couchée sur son lit comme sur le sable d'une plage, elle se rôtissait au soleil des morts.

Ses belles petites mains avaient la vivacité du lézard des ruines. Sa bouche éloquente ne cessait de friser et de défriser ses lèvres. Une boucle noire s'enroulait le long de sa joue et retombait sur sa maigre épaule de Christ espagnol.

Que n'a-t-elle écrit les choses qu'elle a dites et qu'elle n'estimait pas dignes de son orgueil. Toujours elle trouvait l'angle le plus cocasse pour observer les choses et l'éclairage le plus dur pour les mettre en relief. C'est cet angle et cet éclairage que l'on retrouve dans ses poèmes et qui les sauvent d'un lyrisme torrentiel.

Continuellement la vérité, l'intensité, l'épine qui pique l'âme, les hérissent. Une génération inattentive et rapide en ses jugements retrouvera un jour sous ses propres ruines le génie de la Comtesse. Elle surgira des paperasses mortes et des ronces du fil de fer barbelé, avec cette violence qui lui faisait renverser la tête et vous regarder sous la visière d'un casque en forme de bec.

Elle courait au rouge, celui des rois, celui de Lénine, celui d'un cardinal, celui d'une rose, celui de la Légion d'honneur. Quel éclectisme ! Les fanfares du rouge la grisaient, à quelque troupe qu'elles appartinssent. Elle s'écartelait entre les causes les plus contradictoires pourvu qu'elles alimentassent du feu. Elle s'y serait certainement brûlé les ailes à la longue. Comment aurait-elle traversé indemne une époque où n'opter pas pour un rouge ou pour l'autre est un crime ?

Elle est morte très lasse, très noble, très fatiguée d'un monde qui ne correspondait plus à son rêve de grandeur.

La femme de demain

Que peut-on savoir des femmes à venir, elles qui restent toujours les mêmes et changent sans cesse. Un film accéléré des modes nous les montrerait au centre d'un cyclone de jupes qui s'allongent et raccourcissent, de plumes qui volent, d'épaules qui tombent et qui se relèvent à angle droit. Ce que ne nous montrerait pas le film, c'est le méandre, le labyrinthe, le dédale qui habitent cette apparence et ne varient guère la complication et le jeu de leurs couloirs secrets.

Ce sont des mobiles solides qui poussent les femmes à se soumettre aux modes avec l'obéissance passive des soldats. Il importe de plaire, de ne laisser aucune autre prendre de l'avance, de se maintenir, fût-ce par l'absurde, dans un style contre nature, je veux dire contredisant la nature qui empanache le mâle et oblige la femelle à porter l'uniforme le plus modeste. La moindre faute risquerait de provoquer un recul, un renoncement à des prérogatives. C'est pourquoi, si la femme se rapproche de l'homme en adoptant ses modes, – ce qui arrive par l'entremise du sport, – elle ne tarde pas, le soir venu, à reprendre sa place : celle d'une idole sur quoi l'homme affiche ce qu'il gagne par son travail et qu'il envoie dans le monde comme son ambassadeur.

Chose curieuse, les modes très précises accompagnent les politiques très précises. La ligne semble se raidir et s'exagérer partout. Dès que la politique hésite et devient imprécise, on remarque combien les modes s'affirment moins et semblent confusément suivre cette absence de forme et de contour. Il serait difficile, en 1949, de dépeindre la mode féminine. Une sorte d'anarchie morne pousse les femmes à porter ce qu'elles veulent, leurs couturiers à se contredire et à ne plus collaborer à quelque excès significatif.

Qu'est-ce qu'une mode ? C'est ce qu'arborent toutes les femmes, à quelque milieu qu'elles appartiennent, voire au fond des campagnes, aussitôt que le mot d'ordre mystérieux a été donné. Il arrive qu'une mode vienne de la nécessité où se trouve une femme célèbre de cacher quelque défaut, quelque gêne. Il arrive qu'elle vienne d'un hasard – celui, entre autres, chez les hommes, qui fit, aux courses, le prince de Galles relever le bas de son pantalon. – L'Impératrice Eugénie qui dissimulait sa grossesse sous la crinoline, les dames de Versailles qui cachaient leurs boutons de fièvre sous la mouche – les exemples abondent – sont à l'origine d'une mode que les femmes de chaque milieu adoptent sans réfléchir.

On s'étonne souvent que la mode déforme le corps des femmes et leur vaille des épaules tombantes ou des épaules carrées, des pieds petits ou des pieds robustes. Ce n'est pas cela. C'est qu'une femme aux épaules tombantes et aux pieds robustes étonne la ville par son rang ou par sa fortune et qu'aussitôt la foule n'admet plus que les femmes qui lui ressemblent. C'est ainsi que la chance change de place et que Mademoiselle de Grandlieu, dont Balzac nous décrit la laideur et qu'il présente comme inmariable, serait aujourd'hui une beauté à la mode, alors qu'on trouverait bien molle et bien grasse Esther, le type de la beauté du moment.

C'est pourquoi il me semble impossible de

supputer quel sera le type de la beauté de demain. C'est un règne difficile à maintenir que celui de l'élégance. On vous renverse aussi vite du trône qu'on vous y a placé.

Paris est une ville de modes. Tenir y est un tour de force.

Et on vous le fait payer cher.

TABLE

Dans la collection Les Cahiers Rouges

Paul Alexis, Henry Céard, Léon Hennique, JK Huysmans, Guy de Maupassant, Émile Zola	*Les Soirées de Médan*
Lou Andreas-Salomé	*Friedrich Nietzsche à travers ses œuvres*
Joseph d'Arbaud	*La Bête du Vaccarès*
Jacques Audiberti	*Les Enfants naturels ▪ L'Opéra du monde*
Marguerite Audoux	*Marie-Claire suivi de l'Atelier de Marie-Claire*
François Augiéras	*L'Apprenti sorcier ▪ Domme ou l'essai d'occupation ▪ Un voyage au mont Athos ▪ Le Voyage des morts*
Marcel Aymé	*Clérambard ▪ Vogue la galère*
Jules Barbey d'Aurevilly	*Les Quarante médaillons de l'Académie*
Charles Baudelaire	*Lettres inédites aux siens*
Bayon	*Haut fonctionnaire*
Hervé Bazin	*Vipère au poing*
Béatrix Beck	*La Décharge ▪ Josée dite Nancy ▪ L'enfant chat*
Jurek Becker	*Jakob le menteur*
Max Beerbohm	*L'Hypocrite heureux*
Louis Begley	*Une éducation polonaise*
Julien Benda	*Tradition de l'existentialisme ▪ La Trahison des clercs*
Yves Berger	*Le Sud*
Emmanuel Berl	*La France irréelle ▪ Méditation sur un amour défunt ▪ Rachel et autres grâces*
Emmanuel Berl, Jean d'Ormesson	*Tant que vous penserez à moi*
Tristan Bernard	*Mots croisés*
Princesse Bibesco	*Catherine-Paris ▪ Le Confesseur et les poètes*
Ambrose Bierce	*Histoires impossibles ▪ Morts violentes*
Lucien Bodard	*La Vallée des roses*
Alain Bosquet	*Une mère russe*
Jacques Brenner	*Les Petites filles de Courbelles*
André Breton, Lise Deharme, Julien Gracq, Jean Tardieu	*Farouche à quatre feuilles*
André Brincourt	*La Parole dérobée*
Charles Bukowski	*Au sud de nulle part ▪ Factotum ▪ L'amour est un chien de l'enfer ▪ Contes de la folie ordinaire ▪ Journal d'un vieux dégueulasse ▪ Le Postier ▪ Souvenirs d'un pas grand-chose ▪ Women*

Anthony Burgess *Pianistes*
Michel Butor *Le Génie du lieu*
Erskine Caldwell *Une lampe, le soir...*
Henri Calet *Contre l'oubli* ■ *Le Croquant indiscret*
Truman Capote *Prières exaucées*
Hans Carossa *Journal de guerre*
Blaise Cendrars *Hollywood, la mecque du cinéma* ■ *Moravagine* ■ *Rhum, l'aventure de Jean Galmot* ■ *La Vie dangereuse*
Paul Cézanne *Correspondance*
André Chamson *L'Auberge de l'abîme* ■ *Le Crime des justes*
Jacques Chardonne *Ce que je voulais vous dire aujourd'hui* ■ *Claire* ■ *Lettres à Roger Nimier* ■ *Propos comme ça* ■ *Les Varais* ■ *Vivre à Madère*
Edmonde Charles-Roux *Stèle pour un bâtard*
Alphonse de Châteaubriant *La Brière*
Bruce Chatwin *En Patagonie* ■ *Les Jumeaux de Black Hill* ■ *Utz* ■ *Le Vice-roi de Ouidah*
Jacques Chessex *L'Ogre*
Hugo Claus *La Chasse aux canards*
Emile Clermont *Amour promis*
Jean Cocteau *La Corrida du 1er mai* ■ *Les Enfants terribles* ■ *Essai de critique indirecte* ■ *Journal d'un inconnu* ■ *Lettre aux Américains* ■ *La Machine infernale* ■ *Portraits-souvenir* ■ *Reines de la France*
Pierre Combescot *Les Filles du Calvaire*
Vincenzo Consolo *Le Sourire du marin inconnu*
John Cowper Powys *Camp retranché*
Jean-Louis Curtis *La Chine m'inquiète*
Salvador Dali *Les Cocus du vieil art moderne*
Léon Daudet *Les Morticoles* ■ *Souvenirs littéraires*
Edgar Degas *Lettres*
Joseph Delteil *Choléra* ■ *La Deltheillerie* ■ *Jeanne d'Arc* ■ *Jésus II* ■ *Lafayette* ■ *Les Poilus* ■ *Sur le fleuve Amour*
Jean Desbordes *J'adore*
André Dhôtel *Le Ciel du faubourg* ■ *L'Île aux oiseaux de fer*
Charles Dickens *De grandes espérances*
Maurice Donnay *Autour du chat noir*
Alexandre Dumas *Catherine Blum* ■ *Jacquot sans Oreilles*
Umberto Eco *La Guerre du faux*
Ralph Ellison *Homme invisible, pour qui chantes-tu ?*
Oriana Fallaci *Un homme*
Dominique Fernandez *Porporino ou les mystères de Naples* ■ *L'Étoile rose*
Ramon Fernandez *Messages* ■ *Molière ou l'essence du génie comique* ■ *Philippe Sauveur* ■ *Proust*

A. Ferreira de Castro	*Forêt vierge* ■ *La Mission* ■ *Terre froide*
Francis Scott Fitzgerald	*Gatsby le Magnifique* ■ *Un légume*
Max-Pol Fouchet	*La Rencontre de Santa Cruz*
Georges Fourest	*La Négresse blonde suivie de Le Géranium Ovipare*
Bernard Frank	*Le Dernier des Mohicans*
Jean Freustié	*Le Droit d'aînesse* ■ *Proche est la mer*
Max Frisch	*Stiller*
Carlo Emilio Gadda	*Le Château d'Udine*
Matthieu Galey	*Les Vitamines du vinaigre*
Claire Gallois	*Une fille cousue de fil blanc*
Gabriel García Márquez	*L'Automne du patriarche* ■ *Chronique d'une mort annoncée* ■ *Des feuilles dans la bourrasque* ■ *Des yeux de chien bleu* ■ *Les Funérailles de la Grande Mémé* ■ *L'Incroyable et triste histoire de la candide Erendira et de sa grand-mère diabolique* ■ *La Mala Hora* ■ *Pas de lettre pour le colonel* ■ *Récit d'un naufragé*
David Garnett	*La Femme changée en renard*
Paul Gauguin	*Lettres à sa femme et à ses amis*
Maurice Genevoix	*La Boîte à pêche* ■ *Raboliot*
Natalia Ginzburg	*Les Mots de la tribu*
Jean Giono	*Colline* ■ *Jean le Bleu* ■ *Mort d'un personnage* ■ *Naissance de l'Odyssée* ■ *Que ma joie demeure* ■ *Regain* ■ *Le Serpent d'étoiles* ■ *Un de Baumugnes* ■ *Les Vraies richesses*
Jean Giraudoux	*Adorable Clio* ■ *Bella* ■ *Eglantine* ■ *Lectures pour une ombre* ■ *La Menteuse* ■ *Siegfried et le Limousin* ■ *Supplément au voyage de Cook* ■ *La guerre de Troie n'aura pas lieu*
Ernst Glaeser	*Le Dernier civil*
Nadine Gordimer	*Le Conservateur*
William Goyen	*Savannah*
Jean Guéhenno	*Changer la vie*
Yvette Guilbert	*La Chanson de ma vie*
Louis Guilloux	*Angélina* ■ *Dossier confidentiel* ■ *Hyménée* ■ *La Maison du peuple*
Benoîte Groult	*Ainsi soit-elle, précédé de Ainsi soient-elles au xxie siècle*
Jean-Noël Gurgand	*Israéliennes*
Kléber Haedens	*Adios* ■ *L'Été finit sous les tilleuls* ■ *Magnolia-Jules/L'école des parents* ■ *Une histoire de la littérature française*
Daniel Halévy	*Pays parisiens*
Knut Hamsun	*Au pays des contes* ■ *Vagabonds*
Joseph Heller	*Catch 22*

Louis Hémon	*Battling Malone, pugiliste* ■ *Monsieur Ripois et la Némésis*
Pierre Herbart	*Histoires confidentielles*
Hermann Hesse	*Siddhartha*
Louis Hémon	*Maria Chapdelaine*
Panaït Istrati	*Les Chardons du Baragan*
Ingres	*Ecrits sur l'art*
Henry James	*Les Journaux*
Pascal Jardin	*Guerre après guerre suivi de La guerre à neuf ans*
Alfred Jarry	*Les Minutes de Sable mémorial*
Marcel Jouhandeau	*Les Argonautes* ■ *Elise architecte*
Philippe Jullian, Bernard Minoret	*Les Morot-Chandonneur*
Ernst Jünger	*Rivarol et autres essais* ■ *Le contemplateur solitaire*
Franz Kafka	*Journal* ■ *Tentation au village*
Comte Kessler	*Cahiers 1918-1937*
Rudyard Kipling	*Souvenirs de France*
Paul Klee	*Journal*
Jean de La Varende	*Le Centaure de Dieu*
Jean de La Ville de Mirmont	*L'Horizon chimérique*
Armand Lanoux	*Maupassant, le Bel-Ami*
Jacques Laurent	*Croire à Noël* ■ *Le Petit Canard*
Louis-Adhémar-Timothée Le Golif	*Cahiers de Louis-Adhémar-Timothée Le Golif, dit Borgnefesse, capitaine de la flibuste*
Paul Léautaud	*Bestiaire*
G. Lenotre	*Napoléon – Croquis de l'épopée* ■ *La Révolution française* ■ *Versailles au temps des rois*
Primo Levi	*La Trêve*
Suzanne Lilar	*Le Couple*
Malcolm Lowry	*Sous le volcan*
Pierre Mac Orlan	*Marguerite de la nuit*
Maurice Maeterlinck	*Le Trésor des humbles*
Vladimir Maïakowski	*Théâtre*
Norman Mailer	*Les Armées de la nuit* ■ *Pourquoi sommes-nous au Vietnam ?* ■ *Un rêve américain*
Antonine Maillet	*Les Cordes-de-Bois* ■ *Pélagie-la-Charrette*
Curzio Malaparte	*Technique du coup d'État*
Luigi Malerba	*Saut de la mort* ■ *Le Serpent cannibale*
Eduardo Mallea	*La Barque de glace*
André Malraux	*La Tentation de l'Occident*
Clara Malraux	*...Et pourtant j'étais libre* ■ *Nos vingt ans*
Heinrich Mann	*Professeur Unrat (l'Ange bleu)* ■ *Le Sujet!*
Klaus Mann	*La Danse pieuse* ■ *Mephisto* ■ *Symphonie pathétique* ■ *Le Volcan*
Thomas Mann	*Altesse royale* ■ *Les Maîtres* ■ *Mario et le magicien* ■ *Sang réservé*

Claude Mauriac	*Aimer de Gaulle ■ André Breton*
François Mauriac	*Les Anges noirs ■ Les Chemins de la mer ■ De Gaulle ■ Le Mystère Frontenac ■ La Pharisienne ■ La Robe prétexte ■ Thérèse Desqueyroux*
Jean Mauriac	*Mort du général de Gaulle*
André Maurois	*Ariel ou la vie de Shelley ■ Le Cercle de famille ■ Choses nues ■ Don Juan ou la vie de Byron ■ René ou la vie de Chateaubriand ■ Les Silences du colonel Bramble ■ Tourguéniev ■ Voltaire*
Frédéric Mistral	*Mireille/Mirèio*
Thyde Monnier	*La Rue courte*
Anatole de Monzie	*Les Veuves abusives*
George Moore	*Mémoires de ma vie morte*
Paul Morand	*Air indien ■ Bouddha vivant ■ Champions du monde ■ L'Europe galante ■ Lewis et Irène ■ Magie noire ■ Rien que la terre ■ Rococo*
Alvaro Mutis	*Abdul Bashur ■ La Dernière escale du tramp steamer ■ Le Dernier Visage ■ Ilona vient avec la pluie ■ La Neige de l'Amiral ■ Un bel morir*
Vladimir Nabokov	*Chambre obscure*
Sten Nadolny	*La Découverte de la lenteur*
V.S. Naipaul	*Crépuscule sur l'islam ■ L'Énigme de l'arrivée ■ Le Masseur mystique*
Irène Némirovsky	*L'Affaire Courilof ■ Le Bal ■ David Golder ■ Les Mouches d'automne précédé de La Niania et Suivi de Naissance d'une révolution*
Gérard de Nerval	*Poèmes d'Outre-Rhin*
Harold Nicolson	*Journal 1936-1942*
Paul Nizan	*Antoine Bloyé*
François Nourissier	*Un petit bourgeois*
Luis Nucéra	*Mes ports d'attache*
René de Obaldia	*Le Centenaire ■ Innocentines ■ Exobiographie*
Edouard Peisson	*Hans le marin ■ Le Pilote ■ Le Sel de la mer*
Sandro Penna	*Poésies ■ Un peu de fièvre*
Joseph Peyré	*L'Escadron blanc ■ Matterhorn ■ Sang et Lumières*
Charles-Louis Philippe	*Bubu de Montparnasse*
André Pieyre de Mandiargues	*Le Belvédère ■ Deuxième Belvédère ■ Feu de Braise*
Raoul Ponchon	*La Muse au cabaret*
Henry Poulaille	*Pain de soldat ■ Le Pain quotidien*
Bernard Privat	*Au pied du mur*
Annie Proulx	*Cartes postales ■ Les Pieds dans la boue ■ Nœuds et dénouement*
Marcel Proust	*Albertine disparue*

Roger Vailland *Bon pied bon œil* ▪ *Les Mauvais coups* ▪ *Le Regard froid* ▪ *Un jeune homme seul*
Vincent Van Gogh *Lettres à son frère Théo* ▪ *Lettres à Van Rappard*
Giorgio Vasari *Vies des artistes* ▪ *Vies des artistes, 2*
Vercors *Sylva*
Paul Verlaine *Choix de poésies*
Frédéric Vitoux *Bébert, le chat de Louis-Ferdinand Céline*
Ambroise Vollard *En écoutant Cézanne, Degas, Renoir*
Kurt Vonnegut *Galápagos* ▪ *Barbe-Bleue*
Jakob Wassermann *Gaspard Hauser*
Mary Webb *Sarn*
Kenneth White *Lettres de Gourgounel* ▪ *Terre de diamant*
Walt Whitman *Feuilles d'herbe*
Oscar Wilde *Aristote à l'heure du thé* ▪ *L'Importance d'être Constant*
Monique Wittig, Sande Zeig *Brouillon pour un dictionnaire des amantes*
Jean-Didier Wolfromm *Diane Lanster* ▪ *La Leçon inaugurale*
Émile Zola *Germinal*
Stefan Zweig *Brûlant secret* ▪ *Le Chandelier enterré* ▪ *Erasme* ▪ *Fouché* ▪ *Marie Stuart* ▪ *Marie-Antoinette* ▪ *La Peur* ▪ *La Pitié dangereuse* ▪ *Souvenirs et rencontres* ▪ *Un caprice de Bonaparte*